LA PIPE DE MAIGRET

Georges Simenon (1903-1989) est le quatrième auteur francophone le plus traduit dans le monde. Né à Liège, il débute très jeune dans le journalisme et, sous divers pseudonymes, fait ses armes en publiant un nombre incroyable de romans « populaires ». Dès 1931, il crée sous son nom le personnage du commissaire Maigret, devenu mondialement connu, et toujours au premier rang de la mythologie du roman policier. Simenon rencontre immédiatement le succès, et le cinéma s'intéresse dès le début à son œuvre. Ses romans ont été adaptés à travers le monde en plus de 70 films, pour le cinéma, et plus de 350 films de télévision. Il écrivit sous son propre nom 192 romans, dont 75 Maigret, et 117 romans qu'il appelait ses « romans durs », 158 nouvelles, plusieurs œuvres autobiographiques et de nombreux articles et reportages. Insatiable voyageur, il fut élu membre de l'Académie royale de Belgique.

GEORGES SIMENON

La Pipe de Maigret

PRESSES DE LA CITÉ

Nouvelle parue dans le volume du même titre, avec *Maigret se fâche*.

ISBN : 978-2-253-12062-9 – 1ʳᵉ publication LGF

1

La maison des objets qui bougent

Il était sept heures et demie. Dans le bureau du chef, avec un soupir d'aise et de fatigue à la fois, un soupir de gros homme à la fin d'une chaude journée de juillet, Maigret avait machinalement tiré sa montre de son gousset. Puis il avait tendu la main, ramassé ses dossiers sur le bureau d'acajou. La porte matelassée s'était refermée derrière lui et il avait traversé l'antichambre. Personne sur les fauteuils rouges. Le vieux garçon de bureau était dans sa cage vitrée. Le couloir de la Police Judiciaire était vide, une longue perspective à la fois grise et ensoleillée.

Des gestes de tous les jours. Il rentrait dans

son bureau. Une odeur de tabac qui persistait toujours, malgré la fenêtre large ouverte sur le quai des Orfèvres. Il déposait ses dossiers sur un coin du bureau, frappait le fourneau de sa pipe encore chaude sur le rebord de la fenêtre, revenait s'asseoir, et sa main, machinalement, cherchait une autre pipe là où elle aurait dû être, à sa droite.

Elle ne s'y trouvait pas. Il y avait bien trois pipes, dont une en écume, près du cendrier, mais la bonne, celle qu'il cherchait, celle à laquelle il revenait le plus volontiers, qu'il emportait toujours avec lui, une grosse pipe en bruyère, légèrement courbe, que sa femme lui avait offerte dix ans plus tôt lors d'un anniversaire, celle qu'il appelait sa bonne vieille pipe, enfin, n'était pas là.

Il tâta ses poches, surpris, y enfonça les mains. Il regarda sur la cheminée de marbre noir. À vrai dire, il ne pensait pas. Il n'y a rien d'extraordinaire à ne pas retrouver sur-le-champ une de ses pipes. Il fit deux ou trois fois le tour du bureau, ouvrit le placard où il y avait une fontaine d'émail pour se laver les mains.

Il cherchait comme tous les hommes, assez stupidement, puisqu'il n'avait pas ouvert ce placard de tout l'après-midi et que, quelques instants après six heures, quand le juge Coméliau lui avait téléphoné, il avait précisément cette pipe-là à la bouche.

Alors il sonna le garçon de bureau.

— Dites-moi, Émile, personne n'est entré ici pendant que j'étais chez le chef ?

— Personne, monsieur le commissaire.

Il fouillait à nouveau ses poches, celles de son veston, celles de son pantalon. Il avait l'air d'un gros homme contrarié et, de tourner ainsi en rond, cela lui donnait chaud.

Il entra dans le bureau des inspecteurs, où il n'y avait personne. Cela lui arrivait d'y laisser une de ses pipes. C'était curieux et agréable de trouver aussi vides, dans une atmosphère comme de vacances, les locaux du quai des Orfèvres. Pas de pipe. Il frappa chez le chef. Celui-ci venait de sortir. Il entra, mais il savait d'avance que sa pipe n'était pas là, qu'il en fumait une autre quand il était venu vers six heures et demie bavarder des affaires en cours et aussi de son prochain départ pour la campagne.

Huit heures moins vingt. Il avait promis d'être rentré à huit heures boulevard Richard-Lenoir, où sa belle-sœur et son mari étaient invités. Qu'avait-il promis aussi de rapporter ? Des fruits. C'était cela. Sa femme lui avait recommandé d'acheter des pêches.

Mais, chemin faisant, dans l'atmosphère lourde du soir, il continuait à penser à sa pipe. Cela le tracassait, un peu à son insu, comme nous tracasse un incident minime mais inexplicable.

Il acheta les pêches, rentra chez lui, embrassa sa belle-sœur qui avait encore grossi. Il servit les apéritifs. Or, à ce moment-là, c'était la bonne pipe qu'il aurait dû avoir à la bouche.

— Beaucoup de travail ?

— Non. C'est calme.

Il y a des périodes comme ça. Deux de ses collègues étaient en vacances. Le troisième avait téléphoné le matin pour annoncer que de la famille venait de lui arriver de province et qu'il prenait deux jours de congé.

— Tu as l'air préoccupé, Maigret, remarqua sa femme pendant le dîner.

Et il n'osa pas avouer que c'était sa pipe qui le tarabustait. Il n'en faisait pas un drame, certes. Cela ne l'empêchait pas moins d'être en train.

À deux heures. Oui, il s'était assis à son bureau à deux heures et quelques minutes. Lucas était venu lui parler d'une affaire de carambouillage, puis de l'inspecteur Janvier, qui attendait un nouvel enfant.

Ensuite, paisiblement, ayant retiré son veston et desserré un peu sa cravate, il avait rédigé un rapport sur un suicide qu'on avait pris un instant pour un crime. Il fumait sa grosse pipe.

Ensuite Gégène. Un petit maquereau de Montmartre qui avait donné un coup de couteau à sa gagneuse. Qui l'« avait un peu piquée », comme il disait. Mais Gégène ne s'était pas approché du bureau. En outre, il avait les menottes.

On servait les liqueurs. Les deux femmes parlaient cuisine. Le beau-frère écoutait vaguement en fumant un cigare, et les bruits du boulevard Richard-Lenoir montaient jusqu'à la fenêtre ouverte.

Il n'avait même pas quitté son bureau, cet après-midi-là, pour aller boire un demi à la Brasserie Dauphine.

Voyons, il y avait eu la femme… Comment s'appelait-elle encore ? Roy ou Leroy. Elle n'avait pas de rendez-vous. Émile était venu annoncer :

— Une dame et son fils.

— De quoi s'agit-il ?

— Elle ne veut pas le dire. Elle insiste pour parler au chef.

— Faites-la entrer.

Un pur hasard qu'il y eût du battement dans son emploi du temps, car autrement il ne l'aurait pas reçue. Il avait attaché si peu d'importance à cette visite qu'il avait peine, maintenant, à se souvenir des détails.

Sa belle-sœur et son beau-frère s'en allaient. Sa femme lui faisait remarquer, en remettant de l'ordre dans l'appartement :

— Tu n'as pas été loquace, ce soir. Il y a quelque chose qui ne va pas.

12

Non. Tout allait fort bien, au contraire, sauf la pipe. La nuit commençait à tomber et Maigret, en manche de chemise, s'accouda à la fenêtre, comme des milliers de gens, à la même heure, prenaient le frais en fumant leur pipe ou leur cigarette à des fenêtres de Paris.

La femme – c'était plutôt Mme Leroy – s'était assise juste en face du commissaire. Avec cette allure un peu raide des gens qui se sont promis d'être dignes. Une femme dans les quarante-cinq ans, de celles qui, sur le retour, commencent à se dessécher. Maigret, pour sa part, préférait celles que les années empâtent.

— Je suis venue vous voir, monsieur le directeur…

— Le directeur est absent. Je suis le commissaire Maigret.

Tiens ! Un détail qui lui revenait. La femme n'avait pas bronché. Elle ne devait pas lire les journaux et, sans doute, n'avait-elle pas entendu parler de lui ? Elle avait paru plutôt vexée de n'être pas mise en présence du directeur de la Police judiciaire en personne et elle avait eu un petit geste de la main comme pour dire :

« Tant pis ! Il faudra bien que je m'en arrange. »

Le jeune homme, au contraire, à qui Maigret n'avait pas encore fait attention, avait eu une sorte de haut-le-corps, et son regard s'était porté vivement, avidement, sur le commissaire.

— Tu ne te couches pas, Maigret ? questionnait Mme Maigret, qui venait de faire la couverture et qui commençait à se dévêtir.

— Tout à l'heure.

Maintenant, qu'est-ce que cette femme lui avait raconté au juste ? Elle avait tant parlé ! Avec volubilité, avec insistance, à la façon des gens qui donnent une importance considérable à leurs moindres paroles et qui craignent toujours qu'on ne les prenne pas au sérieux. Une manie de femmes, d'ailleurs, surtout de femmes qui approchent de la cinquantaine.

— Nous habitons, mon fils et moi…

Elle n'avait pas tellement tort, au fond, car Maigret ne lui prêtait qu'une oreille distraite.

Elle était veuve, bon ! Elle avait dit qu'elle était veuve depuis quelques années, cinq ou

dix, il l'avait oublié. Assez longtemps puisqu'elle se plaignait d'avoir eu du mal à élever
son fils.

— J'ai tout fait pour lui, monsieur le commissaire.

Comment accorder son attention à des
phrases que répètent toutes les femmes du
même âge et dans la même situation, avec une
fierté identique, et une pareille moue douloureuse ? Il y avait d'ailleurs eu un incident au
sujet de ce veuvage. Lequel ? Ah ! oui…

Elle avait dit :

— Mon mari était officier de carrière.

Et son fils avait rectifié :

— Adjudant, maman. Dans l'Intendance,
à Vincennes.

— Pardon… Quand je dis officier, je sais ce
que je dis. S'il n'était pas mort, s'il ne s'était tué
au travail pour des chefs qui ne le valaient pas
et qui lui laissaient toute la besogne, il serait
officier à l'heure qu'il est… Donc…

Maigret n'oubliait pas sa pipe. Il serrait la
question, au contraire. La preuve, c'est que
ce mot Vincennes était rattaché à la pipe. Il la

fumait, il en était sûr, au moment où il avait été prononcé. Or, après, il n'avait plus été question de Vincennes.

— Pardon. Où habitez-vous ?

Il avait oublié le nom du quai, mais c'était tout de suite après le quai de Bercy, à Charenton. Il retrouvait dans sa mémoire l'image d'un quai très large, avec des dépôts, des péniches en déchargement.

— Une petite maison à un étage, entre un café qui fait l'angle et un grand immeuble de rapport.

Le jeune homme était assis au coin du bureau, son chapeau de paille sur les genoux, car il avait un chapeau de paille.

— Mon fils ne voulait pas que je vienne vous trouver, monsieur le directeur. Pardon, monsieur le commissaire. Mais je lui ai dit :

» — Si tu n'as rien à te reprocher, il n'y a pas de raison pour que…

De quelle couleur était sa robe ? Dans les noirs, avec du mauve. Une de ces robes que portent les femmes mûres qui visent la distinction. Un chapeau assez compliqué, probablement transformé maintes fois. Des gants en fil sombre. Elle s'écoutait parler. Elle commençait ses phrases par des :

— Figurez-vous que…

Ou encore :

— Tout le monde vous dira…

Maigret, qui, pour la recevoir, avait passé son veston, avait chaud et somnolait. Une corvée. Il regrettait de ne pas l'avoir envoyée tout de suite au bureau des inspecteurs.

— Voilà plusieurs fois déjà que, quand je rentre chez moi je constate que quelqu'un y est venu en mon absence.

— Pardon. Vous vivez seule avec votre fils ?

— Oui. Et j'ai d'abord pensé que c'était lui. Mais c'était pendant ses heures de travail.

Maigret regarda le jeune homme qui paraissait contrarié. Encore un type qu'il connaissait bien. Dix-sept ans sans doute. Maigre et long. Des boutons dans la figure, des cheveux tirant sur le roux et des taches de rousseur autour du nez.

Sournois ? Peut-être. Sa mère devait le

déclarer un peu plus tard, car il y a des gens qui aiment dire du mal des leurs. Timide en tout cas. Renfermé. Il fixait le tapis, ou n'importe quel objet dans le bureau et, quand il croyait qu'on ne le regardait pas, il jetait vite à Maigret un coup d'œil aigu.

Il n'était pas content d'être là, c'était évident. Il n'était pas d'accord avec sa mère sur l'utilité de cette démarche. Peut-être avait-il un peu honte d'elle, de sa prétention, de son bavardage ?

— Que fait votre fils ?

— Garçon coiffeur.

Et le jeune homme de déclarer avec amertume :

— Parce que j'ai un oncle qui a un salon de coiffure à Niort, ma mère s'est mis en tête de…

— Il n'y a pas de honte à être coiffeur. C'est pour vous dire, monsieur le commissaire, qu'il ne peut pas quitter le salon où il travaille, près de la République. D'ailleurs, je m'en suis assurée.

— Pardon. Vous avez soupçonné votre fils

de rentrer chez vous en votre absence et vous l'avez surveillé ?

— Oui, monsieur le commissaire. Je ne soupçonne personne en particulier, mais je sais que les hommes sont capables de tout.

— Qu'est-ce que votre fils serait allé faire chez vous à votre insu ?

— Je ne sais pas.

Puis, après un silence :

— Peut-être amener des femmes ! Il y a trois mois, j'ai bien trouvé une lettre de gamine dans sa poche. Si son père…

— Comment avez-vous la certitude qu'on est entré chez vous ?

— D'abord, cela se sent tout de suite. Rien qu'en ouvrant la porte, je pourrais dire…

Pas très scientifique, mais assez vrai, assez humain, en somme. Maigret avait déjà eu de ces impressions-là.

— Ensuite ?

— Ensuite, de menus détails. Par exemple, la porte de l'armoire à glace, que je ne ferme jamais à clef, et que je retrouvais fermée d'un tour de clef.

— Votre armoire à glace contient des objets précieux ?

— Nos vêtements et notre linge, plus quelques souvenirs de famille, mais rien n'a disparu, si c'est cela que vous voulez dire. Dans la cave aussi une caisse qui avait changé de place.

— Et qui contenait ?…

— Des bocaux vides.

— En somme, rien n'a disparu de chez vous ?

— Je ne crois pas.

— Depuis combien de temps avez-vous l'impression qu'on visite votre domicile ?

— Ce n'est pas une impression. C'est une certitude. Environ trois mois.

— Combien de fois, à votre avis, est-on venu ?

— Peut-être dix en tout. Après la première fois, on est resté longtemps, peut-être trois semaines sans venir. Ou, alors, je ne l'ai pas remarqué. Puis deux fois coup sur coup. Puis encore trois semaines ou plus. Depuis quelques jours, les visites se suivent et, avant-hier, quand il y a eu le terrible orage, j'ai trouvé des traces de pas et du mouillé.

— Vous ne savez pas si ce sont des traces d'homme ou de femme ?

— Plutôt d'homme, mais je ne suis pas sûre.

Elle avait bien dit d'autres choses. Elle avait tant parlé, sans avoir besoin d'y être poussée ! Le lundi précédent, par exemple, elle avait emmené exprès son fils au cinéma, parce que les coiffeurs ne travaillent pas le lundi. Comme cela, il était bien surveillé. Il ne l'avait pas quittée de l'après-midi. Ils étaient rentrés ensemble.

— Or, on était venu.

— Et pourtant votre fils ne voulait pas que vous en parliez à la police ?

— Justement, monsieur le commissaire. C'est ça que je ne comprends pas. Il a vu les traces comme moi.

— Vous avez vu les traces, jeune homme ?

Il préférait ne pas répondre, prendre un air buté. Cela signifiait-il que sa mère exagérait, qu'elle n'était pas dans son bon sens ?

— Savez-vous par quelle voie le ou les visiteurs pénétrèrent dans la maison ?

— Je suppose que c'est par la porte. Je ne laisse jamais les fenêtres ouvertes. Pour entrer par la cour, le mur est trop haut et il faudrait traverser les cours des maisons voisines.

— Vous n'avez pas vu de traces sur la serrure ?

— Pas une égratignure. J'ai même regardé avec la loupe de feu mon mari.

— Et personne n'a la clef de votre maison ?

— Personne. Il y aurait bien ma fille (léger mouvement du jeune homme), mais elle habite Orléans avec son mari et ses deux enfants.

— Vous vous entendez bien avec elle ?

— Je lui ai toujours dit qu'elle avait tort d'épouser un propre à rien. À part ça, comme nous ne nous voyons pas…

— Vous êtes souvent absente de chez vous ? Vous m'avez dit que vous étiez veuve. La pension que vous touchez de l'armée est vraisemblablement insuffisante.

Elle prit un air à la fois digne et modeste.

— Je travaille. Enfin ! Au début, je veux dire après la mort de mon mari, j'ai pris des pensionnaires, deux. Mais les hommes sont trop sales. Si vous aviez vu l'état dans lequel ils laissaient leur chambre !

À ce moment-là, Maigret ne se rendait pas compte qu'il écoutait et pourtant, à présent, il retrouvait non seulement les mots, mais les intonations.

— Depuis un an, je suis dame de compagnie chez Mme Lallemant. Une personne très bien. La mère d'un médecin. Elle vit seule, près de l'écluse de Charenton, juste en face, et tous les après-midi je... C'est plutôt une amie, comprenez-vous ?

À la vérité, Maigret n'y avait attaché aucune importance. Une maniaque ? Peut-être. Cela ne l'intéressait pas. C'était le type même de la visite qui vous fait perdre une demi-heure. Le chef, justement, était entré dans le bureau, ou plutôt en avait poussé la porte, comme il le faisait souvent. Il avait jeté un coup d'œil sur les visiteurs, s'était rendu compte, lui aussi, rien qu'à leur allure, que c'était du banal.

— Vous pouvez venir un instant, Maigret ?

Ils étaient restés un moment debout tous les deux, dans le bureau voisin, à discuter d'un mandat d'arrêt qui venait d'arriver télégraphiquement de Dijon.

— Torrence s'en chargera, avait dit Maigret.

Il n'avait pas sa bonne pipe, mais une autre. Sa bonne pipe, il avait dû, logiquement, la déposer sur le bureau au moment où, un peu plus tôt, le juge Coméliau lui avait téléphoné. Mais, alors, il n'y pensait pas encore.

Il rentrait, restait debout devant la fenêtre, les mains derrière le dos.

— En somme, madame, on ne vous a rien volé ?

— Je le suppose.

— Je veux dire que vous ne portez pas plainte pour vol ?

— Je ne le peux pas, étant donné que…

— Vous avez simplement l'impression qu'en votre absence quelqu'un, ces derniers mois, ces derniers jours surtout, a pris l'habitude de pénétrer chez vous ?

— Et même une fois la nuit.

— Vous avez vu quelqu'un ?

— J'ai entendu.

— Qu'est-ce que vous avez entendu ?

— Une tasse est tombée, dans la cuisine, et s'est brisée. Je suis descendue aussitôt.

— Vous étiez armée ?

— Non. Je n'ai pas peur.

— Et il n'y avait personne ?

— Il n'y avait plus personne. Les morceaux de la tasse étaient par terre.

— Et vous n'avez pas de chat ?

— Non. Ni chat, ni chien. Les bêtes font trop de saletés.

— Un chat n'aurait pas pu s'introduire chez vous ?

Et le jeune homme, sur sa chaise, paraissait de plus en plus au supplice.

— Tu abuses de la patience du commissaire Maigret, maman.

— Bref, madame, vous ne savez pas qui s'introduit chez vous et vous n'avez aucune idée de ce qu'on pourrait y chercher ?

— Aucune. Nous avons toujours été d'honnêtes gens, et…

— Si je puis vous donner un conseil, c'est de faire changer votre serrure. On verra bien si les mystérieuses visites continuent.

— La police ne fera rien ?

Il les poussait vers la porte. C'était bientôt l'heure où le chef l'attendait dans son bureau.

— À tout hasard, je vous enverrai demain un de mes hommes. Mais, à moins de surveiller la maison du matin au soir et du soir au matin, je ne vois pas bien…

— Quand viendra-t-il ?

— Vous m'avez dit que vous étiez chez vous le matin.

— Sauf pendant que je fais mon marché.

— Voulez-vous dix heures ?… Demain à dix heures. Au revoir, madame. Au revoir, jeune homme.

Un coup de timbre. Lucas entra.

— C'est toi ?… Tu iras demain dix heures à cette adresse. Tu verras de quoi il s'agit.

Sans conviction aucune. La préfecture de police partage avec les rédactions de journaux le privilège d'attirer tous les fous et tous les maniaques.

Or, maintenant, à sa fenêtre où la fraîcheur de la nuit commençait à le pénétrer, Maigret grognait :

— Sacré gamin !

Car c'était lui, sans aucun doute, qui avait chipé la pipe sur le bureau.

— Tu ne te couches pas ?

Il se coucha. Il était maussade, grognon. Le lit était déjà chaud et moite. Il grogna encore avant de s'endormir. Et, le matin, il s'éveilla sans entrain, comme quand on s'est endormi sur une impression désagréable. Ce n'était pas un pressentiment et pourtant il sentait bien – sa femme le sentait aussi, mais n'osait rien dire – qu'il commençait la journée du mauvais pied. En plus, le ciel était orageux, l'air déjà lourd.

Il gagna le Quai des Orfèvres à pied, par les quais, et deux fois il lui arriva de chercher machinalement sa bonne pipe dans sa poche. Il gravit en soufflant l'escalier poussiéreux. Émile l'accueillit par :

— Il y a quelqu'un pour vous, monsieur le commissaire.

Il alla jeter un coup d'œil à la salle d'attente vitrée et aperçut Mme Leroy qui se tenait assise sur l'extrême bord d'une chaise recouverte de velours vert, comme prête à bondir. Elle l'aperçut, se précipita effectivement vers lui, crispée, furieuse, angoissée, en proie à mille sentiments différents et, lui saisissant les revers du veston, elle cria :

— Qu'est-ce que je vous avais dit ? Ils sont venus cette nuit. Mon fils a disparu. Vous me croyez, maintenant ? Oh ! j'ai bien senti que vous me preniez pour une folle. Je ne suis pas si bête. Et tenez, tenez…

Elle fouillait fébrilement dans son sac, en tirait un mouchoir à bordure bleue qu'elle brandissait triomphalement.

— Ça… Oui, ça, est-ce une preuve ? Nous n'avons pas de mouchoir avec du bleu dans la maison. N'empêche que je l'ai trouvé au pied de la table de la cuisine. Et ce n'est pas tout.

Maigret regarda d'un œil morne le long couloir où régnait l'animation matinale et où on se retournait sur eux.

— Venez avec moi, madame, soupira-t-il.

La tuile, évidemment. Il l'avait sentie venir. Il poussa la porte de son bureau, accrocha son chapeau à la place habituelle.

— Asseyez-vous. Je vous écoute. Vous dites que votre fils ?…

— Je dis que mon fils a disparu cette nuit et qu'à l'heure qu'il est Dieu sait ce qu'il est devenu.

2

Les pantoufles de Joseph

Il était difficile de savoir ce qu'elle pensait exactement du sort de son fils. Tout à l'heure, à la P.J., au cours de la crise de larmes qui avait éclaté avec la soudaineté d'un orage d'été, elle gémissait :

— Voyez-vous, je suis sûre qu'ils me l'ont tué. Et vous, pendant ce temps-là, vous n'avez rien fait. Si vous croyez que je ne sais pas ce que vous avez pensé ! Vous m'avez prise pour une folle. Mais si ! Et, maintenant, il est sans doute mort. Et moi, je vais rester toute seule, sans soutien.

Or, à présent, dans le taxi qui roulait sous la voûte de verdure du quai de Bercy, pareil à un mail de province, ses traits étaient redevenus nets, son regard aigu, et elle disait :

— C'est un faible, voyez-vous, monsieur le commissaire. Il ne pourra jamais résister aux femmes. Comme son père, qui m'a tant fait souffrir !

Maigret était assis à côté d'elle sur la banquette du taxi. Lucas avait pris place à côté du chauffeur.

Tiens ! après la limite de Paris, sur le territoire de Charenton, le quai continuait à s'appeler quai de Bercy. Mais il n'y avait plus d'arbres. Des cheminées d'usines, de l'autre côté de la Seine. Ici, des entrepôts, des pavillons bâtis jadis quand c'était encore presque la campagne et coincés maintenant entre des maisons de rapport. À un coin de rue, un café-restaurant d'un rouge agressif, avec des lettres jaunes, quelques tables de fer et deux lauriers étiques dans des tonneaux.

Mme Roy – non, Leroy – s'agita, frappa la vitre.

— C'est ici. Je vous demande de ne pas

prendre garde au désordre. Inutile de vous dire que je n'ai pas pensé à faire le ménage.

Elle chercha une clef dans son sac. La porte était d'un brun sombre, les murs extérieurs d'un gris de fumée. Maigret avait eu le temps de s'assurer qu'il n'y avait pas de traces d'effraction.

— Entrez, je vous prie. Je pense que vous allez vouloir visiter toutes les pièces. Tenez ! les morceaux de la tasse sont encore où je les ai trouvés.

Elle ne mentait pas quand elle disait que c'était propre. Il n'y avait de poussière nulle part. On sentait l'ordre. Mais, mon Dieu, que c'était triste ! Plus que triste, lugubre ! Un corridor trop étroit, avec le bas peint en brun et le haut en jaune foncé. Des portes brunes. Des papiers collés depuis vingt ans au moins et si passés qu'ils n'avaient plus de couleur.

La femme parlait toujours. Peut-être parlait-elle quand elle était toute seule aussi, faute de pouvoir supporter le silence.

— Ce qui m'étonne le plus, c'est que je n'ai rien entendu. J'ai le sommeil si léger que

33

je m'éveille plusieurs fois par nuit. Or, la nuit dernière, j'ai dormi comme un plomb. Je me demande...

Il la regarda.

— Vous vous demandez si on ne vous a pas donné une drogue pour vous faire dormir ?

— Ce n'est pas possible. Il n'aurait pas fait cela ? Pourquoi ? Dites-moi pourquoi il l'aurait fait ?

Allait-elle redevenir agressive ? Tantôt elle semblait accuser son fils et tantôt elle le présentait comme une victime, tandis que Maigret, lourd et lent, donnait, même quand il allait à travers la petite maison, une sensation d'immobilité. Il était là, comme une éponge, à s'imprégner lentement de tout ce qui suintait autour de lui.

Et la femme s'attachait à ses pas, suivait chacun de ses gestes, de ses regards, méfiante, cherchant à deviner ce qu'il pensait.

Lucas, lui aussi, épiait les réflexes du patron, dérouté par cette enquête qui avait quelque chose de pas sérieux, sinon de loufoque.

— La salle à manger est à droite, de l'autre

côté du corridor. Mais, quand nous étions seuls, et nous étions toujours seuls, nous mangions dans la cuisine.

Elle aurait été bien étonnée, peut-être indignée, si elle avait soupçonné que ce que Maigret cherchait machinalement autour de lui, c'était sa pipe. Il s'engageait dans l'escalier plus étroit encore que le corridor, à la rampe fragile, aux marches qui craquaient. Elle le suivait. Elle expliquait, car c'était un besoin chez elle d'expliquer :

— Joseph occupait la chambre de gauche… Mon Dieu ! Voilà que je viens de dire occupait, comme si…

— Vous n'avez touché à rien ?

— À rien, je le jure. Comme vous voyez, le lit est défait. Mais je parie qu'il n'y a pas dormi. Mon fils remue beaucoup en dormant. Le matin, je retrouve toujours les draps roulés, souvent les couvertures par terre. Il lui arrive de rêver tout haut et même de crier dans son sommeil.

En face du lit, une garde-robe dont le commissaire entrouvrit la porte.

— Tous ses vêtements sont ici ?

— Justement non. S'ils y étaient, j'aurais trouvé son costume et sa chemise sur une chaise, car il n'avait pas d'ordre.

On aurait pu supposer que le jeune homme, entendant du bruit pendant la nuit, était descendu dans la cuisine, et là avait été attaqué par le ou les mystérieux visiteurs.

— Vous l'avez vu dans son lit, hier au soir ?

— Je venais toujours l'embrasser quand il était couché. Hier au soir, je suis venue comme tous les autres jours. Il était déshabillé. Ses vêtements étaient sur la chaise. Quant à la clef…

Une idée la frappait. Elle expliquait :

— Je restais toujours la dernière en bas et je fermais la porte à clef. Je gardais cette clef dans ma chambre, sous mon oreiller, pour éviter…

— Votre mari découchait souvent ?

Et elle, digne et douloureuse :

— Il l'a fait une fois, après trois ans de mariage.

— Et, dès ce moment, vous avez pris l'habitude de glisser la clef sous votre oreiller ?

Elle ne répondit pas et Maigret fut certain

que le père avait été surveillé aussi sévèrement que le fils.

— Donc, ce matin, vous avez retrouvé la clef à sa place ?

— Oui, monsieur le commissaire. Je n'y ai pas pensé tout de suite, mais cela me revient. C'est donc qu'il ne voulait pas s'en aller, n'est-ce pas ?

— Un instant. Votre fils s'est couché. Puis il s'est relevé et rhabillé.

— Tenez ! Voici sa cravate par terre. Il n'a pas mis sa cravate.

— Et ses souliers ?

Elle se tourna vivement vers un coin de la pièce où il y avait deux chaussures usées à certaine distance l'une de l'autre.

— Non plus. Il est parti en pantoufles.

Maigret cherchait toujours sa pipe, sans la trouver. Il ne savait pas au juste ce qu'il cherchait d'ailleurs. Il fouillait au petit bonheur cette chambre pauvre et morne où le jeune homme avait vécu. Un costume dans l'armoire, un costume bleu, son « beau costume », qu'il ne devait mettre que le dimanche, et une paire de souliers vernis. Quelques chemises, presque toutes usées et réparées au col et aux poignets. Un paquet de cigarettes entamé.

— Au fait, votre fils ne fumait-il pas la pipe ?

— À son âge, je ne le lui aurais pas permis. Il y a quinze jours, il est revenu à la maison avec une petite pipe, qu'il avait dû acheter dans un bazar, car c'était de la camelote. Je la lui ai arrachée de la bouche et je l'ai jetée dans le feu. Son père, à quarante-cinq ans, ne fumait pas la pipe.

Maigret soupira, gagna la chambre de Mme Leroy, qui répéta :

— Mon lit n'est pas fait. Excusez le désordre.

C'était écœurant de banalité mesquine.

— En haut, il y a des mansardes où nous couchions les premiers mois de mon veuvage, quand j'ai pris des locataires. Dites-moi, puisqu'il n'a mis ni ses souliers, ni sa cravate, est-ce que vous croyez… ?

Et Maigret, excédé :

— Je n'en sais rien, madame !

Depuis deux heures, Lucas, consciencieu-
sement, fouillait la maison dans ses moindres
recoins, suivi de Mme Leroy, qu'on entendait
parfois dire :

— Tenez, une fois, ce tiroir a été ouvert. On
a même retourné la pile de linge qui se trouve
sur la planche du dessus.

Dehors régnait un lourd soleil aux rayons
épais comme du miel, mais dans la maison
c'était la pénombre, la grisaille perpétuelle.
Maigret faisait de plus en plus l'éponge, sans
avoir le courage de suivre ses compagnons
dans leurs allées et venues.

Avant de quitter le Quai des Orfèvres, il avait
chargé un inspecteur de téléphoner à Orléans
pour s'assurer que la fille mariée n'était pas
venue à Paris les derniers temps. Ce n'était pas
une piste.

Fallait-il croire que Joseph s'était fait faire
une clef à l'insu de sa mère ? Mais alors, s'il
comptait partir cette nuit-là, pourquoi n'avait-il
pas mis sa cravate, ni surtout ses chaussures ?

Maigret savait maintenant à quoi ressem-
blaient les fameuses pantoufles. Par économie,

Mme Leroy les confectionnait elle-même, avec de vieux morceaux de tissu, et elle taillait les semelles dans un bout de feutre.

Tout était pauvre, d'une pauvreté d'autant plus pénible, d'autant plus étouffante, qu'elle ne voulait pas s'avouer.

Les anciens locataires ? Mme Leroy lui en avait parlé. Le premier qui s'était présenté, quand elle avait mis un écriteau à la fenêtre, était un vieux célibataire, employé chez Soustelle, la maison de vins en gros dont il avait aperçu le pavillon en passant quai de Bercy.

— Un homme convenable, bien élevé, monsieur le commissaire. Ou plutôt peut-on appeler un homme bien élevé quelqu'un qui secoue sa pipe partout ? Et puis il avait la manie de se relever la nuit, de descendre pour se chauffer de la tisane. Une nuit, je me suis relevée et je l'ai rencontré en chemise de nuit et en caleçon dans l'escalier. C'était pourtant quelqu'un d'instruit.

La seconde chambre avait d'abord été occupée par un maçon, un contremaître, disait-elle, mais son fils aurait sans doute corrigé ce

40

titre prétentieux. Le maçon lui faisait la cour et voulait absolument l'épouser.

— Il me parlait toujours de ses économies, d'une maison qu'il possédait près de Montluçon et où il voulait m'emmener quand nous serions mariés. Remarquez que je n'ai pas un mot, pas un geste à lui reprocher. Quand il rentrait, je lui disais :

» — Lavez-vous les mains, monsieur Germain.

» Et il allait se les laver au robinet. C'est lui qui, le dimanche, a cimenté la cour, et j'ai dû insister pour payer le ciment.

Puis le maçon était parti, peut-être découragé, et avait été remplacé par un M. Bleustein.

— Un étranger. Il parlait très bien le français, mais avec un léger accent. Il était voyageur de commerce et il ne venait coucher qu'une fois ou deux par semaine.

— Est-ce que vos locataires avaient une clef ?

— Non, monsieur le commissaire, parce que à ce moment-là j'étais toujours à la maison.

Quand je devais sortir, je la glissais dans une fente de la façade, derrière la gouttière, et ils savaient bien où la trouver. Une semaine, M. Bleustein n'est pas revenu. Je n'ai rien retrouvé dans sa chambre qu'un peigne cassé, un vieux briquet et du linge tout déchiré.

— Il ne vous avait pas avertie ?

— Non. Et pourtant lui aussi était un homme bien élevé.

Il y avait quelques livres sur la machine à coudre, qui se trouvait dans un coin de la salle à manger. Maigret les feuilleta négligemment. C'étaient des romans en édition bon marché, surtout des romans d'aventures. Parci, par-là, dans la marge d'une page, on retrouvait deux lettres entrelacées, tantôt au crayon, tantôt à l'encre : J et M, l'M presque toujours plus grand, plus artistiquement moulé que le J.

— Vous connaissez quelqu'un dont le nom commence par M, madame Leroy ? cria-t-il dans la cage d'escalier.

— Un M ?... Non, je ne vois pas. Attendez... Il y avait bien la belle-sœur de mon mari qui s'appelait Marcelle, mais elle est morte en couches à Issoudun.

Il était midi quand Lucas et Maigret se retrouvèrent dehors.

— On va boire quelque chose, patron ?

Et ils s'attablèrent dans le petit bistro rouge qui faisait le coin. Ils étaient aussi mornes l'un que l'autre. Lucas était plutôt de mauvaise humeur.

— Quelle boutique ! soupira-t-il. À propos, j'ai découvert ce bout de papier. Et devinez où ? Dans le paquet de cigarettes du gosse. Il devait avoir une peur bleue de sa mère, celui-là. Au point de cacher ses lettres d'amour dans ses paquets de cigarettes !

C'était une lettre d'amour, en effet :

Mon cher Joseph,

Tu m'as fait de la peine, hier, en disant que je te méprisais et que je n'accepterais jamais d'épouser un homme comme toi. Tu sais bien que je ne suis pas ainsi et que je t'aime autant que tu m'aimes. J'ai confiance que tu seras un jour quelqu'un. Mais, de grâce, ne m'attends plus aussi près du magasin. On t'a remarqué, et Mme Rose, qui en fait autant, mais qui est une chipie, s'est déjà permis des réflexions. Attends-moi dorénavant près du métro. Pas demain, car ma mère doit venir me chercher pour aller au dentiste. Et surtout ne te mets plus d'idées en tête. Je l'embrasse comme je t'aime.

Mathilde.

— Et voilà ! dit Maigret en fourrant le papier dans son portefeuille.

— Voilà quoi ?

Le J et l'M. La vie ! Cela commence comme ça et cela finit dans une petite maison qui sent le renfermé et la résignation.

— Quand je pense que cet animal là m'a chipé ma pipe !

— Vous croyez maintenant qu'on l'a enlevé, vous ?

Lucas n'y croyait pas, cela se sentait. Ni à toutes les histoires de la mère Leroy. Il en avait déjà assez de cette affaire et il ne comprenait rien à l'attitude du patron qui semblait ruminer gravement Dieu sait quelles idées.

— S'il ne m'avait pas chipé ma pipe… commença Maigret.

— Eh bien ! Qu'est-ce que ça prouve ?

— Tu ne peux pas comprendre. Je serais plus tranquille. Garçon ! qu'est-ce que je vous dois ?

Ils attendirent l'autobus, l'un près de l'autre, à regarder le quai à peu près désert où les grues, pendant le casse-croûte, restaient les bras en l'air et où les péniches semblaient dormir.

Dans l'autobus, Lucas remarqua :

— Vous ne rentrez pas chez vous ?

— J'ai envie de passer au quai.

Et soudain, avec un drôle de rire bref autour du tuyau de sa pipe :

— Pauvre type !… Je pense à l'adjudant qui a peut-être trompé sa femme une fois dans sa vie et qui, pendant le restant de ses jours, a été bouclé chaque nuit dans sa propre maison !

Puis, après un moment de lourde rêverie :

— Tu as remarqué, Lucas, dans les cimetières, qu'il y a beaucoup plus de tombes de veuves que de veufs ? « Ci-gît Untel, décédé en 1901. » Puis, en dessous, d'une gravure plus fraîche : « Ci-gît Une telle, veuve Untel, décédée en 1930. » Elle l'a retrouvé, bien sûr, mais vingt-neuf ans après !

Lucas n'essaya pas de comprendre et changea d'autobus pour aller déjeuner avec sa femme.

Pendant qu'aux Sommiers on s'occupait de tous les Bleustein qui pouvaient avoir eu maille à partir avec la Justice, Maigret s'occupait des affaires courantes et Lucas passait une bonne partie de son après-midi dans le quartier de la République.

L'orage n'éclatait pas. La chaleur était de plus en plus lourde, avec un ciel plombé qui virait au violet comme un vilain furoncle. Dix fois au moins, Maigret avait tendu la main sans le vouloir vers sa bonne pipe absente, et chaque fois il avait grommelé :

— Sacré gamin !

Deux fois il brancha son appareil sur le standard :

— Pas encore de nouvelles de Lucas ?

Ce n'était pourtant pas si compliqué de questionner les collègues de Joseph Leroy, au salon de coiffure, et par eux, sans doute, d'arriver à cette Mathilde qui lui écrivait de tendres billets.

D'abord, Joseph avait volé la pipe de Maigret.

Ensuite, ce même Joseph, bien que tout habillé, était en pantoufles – si l'on peut appeler ça des pantoufles – la nuit précédente.

Maigret interrompit soudain la lecture d'un procès-verbal, demanda les Sommiers au bout du fil, questionna avec une impatience qui ne lui était pas habituelle :

— Eh bien ! ces Bleustein ?

— On y travaille, monsieur le commissaire. Il y en a toute une tapée, des vrais et des faux. On contrôle les dates, les domiciles. En tout cas, je n'en trouve aucun qui ait été inscrit à un moment quelconque au quai de Bercy. Dès que j'aurai quelque chose, je vous préviendrai.

Lucas, enfin, un Lucas suant qui avait eu le temps d'avaler un demi à la Brasserie Dauphine avant de monter.

— On y est, patron. Pas sans mal, je vous assure. J'aurais cru que ça irait tout seul. Ah ! bien oui. Notre Joseph est un drôle de pistolet qui ne faisait pas volontiers ses confidences. Imaginez un salon de coiffure tout en longueur. *Palace-Coiffure*, que ça s'appelle, avec quinze ou vingt fauteuils articulés sur un rang, devant les glaces, et autant de commis... C'est la bousculade du matin au soir là-dedans. Ça entre, ça sort, et je te taille, et je te savonne, et je te lotionne !

» — Joseph ? que me dit le patron, un petit gros poivre et sel. Quel Joseph, d'abord ? Ah ! oui, le Joseph à boutons. Eh bien ! qu'est-ce qu'il a fait, Joseph ?

» Je lui demande la permission de questionner ses employés et me voilà de fauteuil en fauteuil, avec des gens qui échangent des sourires et des clins d'œil.

» — Joseph ? Non, je ne l'ai jamais accompagné. Il s'en allait toujours tout seul. S'il avait une poule ? C'est possible... Quoique, avec sa gueule...

» Et ça rigole.

» — Des confidences ? Autant en demander à un cheval de bois. Monsieur avait honte de son métier de coiffeur et il ne se serait pas abaissé à fréquenter des merlans.

» Vous voyez le ton, patron. Fallait en outre que j'attende qu'on ait fini un client. Le patron commençait à me trouver encombrant.

» Enfin, j'arrive à la caisse. Une caissière d'une trentaine d'années, rondelette, l'air très doux, très sentimental.

» — Joseph a fait des bêtises ? qu'elle me demande d'abord.

» — Mais non, mademoiselle. Au contraire. Il avait une liaison dans le quartier, n'est-ce pas ?

Maigret grogne :

— Abrège, tu veux ?

— D'autant plus qu'il est temps d'y aller, si vous tenez à voir la petite. Bref, c'est par la caissière que Joseph recevait les billets quand sa Mathilde ne pouvait être au rendez-vous. Celui que j'ai déniché dans le paquet de cigarettes doit dater d'avant-hier. C'était un gamin qui entrait vivement dans le salon de coiffure et qui remettait le billet à la caisse en murmurant :

» — Pour M. Joseph.

» La caissière, par bonheur, a vu le gamin en question pénétrer plusieurs fois dans une maroquinerie du boulevard Bonne-Nouvelle.

» Voilà comment, de fil en aiguille, j'ai fini par dénicher Mathilde.

— Tu ne lui as rien dit, au moins ?

— Elle ne sait même pas que je m'occupe d'elle. J'ai simplement demandé à son patron s'il avait une employée nommée Mathilde. Il me l'a désignée à son comptoir. Il voulait l'appeler. Je lui ai demandé de ne rien dire. Si vous voulez… Il est cinq heures et demie. Dans une demi-heure, le magasin ferme.

— Excusez-moi, mademoiselle…

— Non, monsieur.

— Un mot seulement…

— Veuillez passer votre chemin.

Une petite bonne femme, assez jolie, d'ailleurs, qui s'imaginait que Maigret… Tant pis !

— Police.

— Comment ? Et c'est à moi que... ?

— Je voudrais vous dire deux mots, oui. Au sujet de votre amoureux.

— Joseph ?... Qu'est-ce qu'il a fait ?

— Je l'ignore, mademoiselle. Mais j'aimerais savoir où il se trouve en ce moment.

À cet instant précis, il pensa :

« Zut ! La gaffe... »

Il l'avait faite, comme un débutant. Il s'en rendait compte en la voyant regarder autour d'elle avec inquiétude. Quel besoin avait-il éprouvé de lui parler au lieu de la suivre ? Est-ce qu'elle n'avait pas rendez-vous avec lui près du métro ? Est-ce qu'elle ne s'attendait pas à l'y trouver ? Pourquoi ralentissait-elle le pas au lieu de continuer son chemin ?

— Je suppose qu'il est à son travail, comme d'habitude ?

— Non, mademoiselle. Et sans doute le savez-vous aussi bien et même mieux que moi.

— Qu'est-ce que vous voulez dire ?

C'était l'heure de la cohue sur les Grands

Boulevards. De véritables processions se dirigeaient vers les entrées de métro dans lesquelles la foule s'enfournait.

— Restons un moment ici, voulez-vous ? disait-il en l'obligeant à demeurer à proximité de la station.

Et elle s'énervait, c'était visible. Elle tournait la tête en tous sens. Elle avait la fraîcheur de ses dix-huit ans, un petit visage rond, un aplomb de petite Parisienne.

— Qui est-ce qui vous a parlé de moi ?

— Peu importe. Qu'est-ce que vous savez de Joseph ?

— Qu'est-ce que vous lui voulez, que je sache ?

Le commissaire aussi épiait la foule, en se disant que, si Joseph l'apercevait avec Mathilde, il s'empresserait sans doute de disparaître.

— Est-ce que votre amoureux vous a jamais parlé d'un prochain changement dans sa situation ? Allons ! Vous allez mentir, je le sens.

— Pourquoi mentirais-je ?

Elle s'était mordu la lèvre.

— Vous voyez bien ! Vous questionnez pour avoir le temps de trouver un mensonge.

Elle frappa le trottoir de son talon.

— Et d'abord qui me prouve que vous êtes vraiment de la police ?

Il lui montra sa carte.

— Avouez que Joseph souffrait de sa médiocrité.

— Et après ?

— Il en souffrait terriblement, exagérément.

— Il n'avait peut-être pas envie de rester garçon coiffeur. Est-ce un crime ?

— Vous savez bien que ce n'est pas ce que je veux dire. Il avait horreur de la maison qu'il habitait, de la vie qu'il menait. Il avait même honte de sa mère, n'est-ce pas ?

— Il ne me l'a jamais dit.

— Mais vous le sentiez. Alors, ces derniers temps, il a dû vous parler d'un changement d'existence.

— Non.

— Depuis combien de temps vous connaissez-vous ?

— Un peu plus de six mois. C'était en hiver. Il est entré dans le magasin pour acheter un portefeuille. J'ai compris qu'il les trouvait trop chers, mais il n'a pas osé me le dire et il en a acheté un. Le soir, je l'ai aperçu sur le trottoir. Il m'a suivie plusieurs jours avant d'oser me parler.

— Où alliez-vous ensemble ?

— La plupart du temps, on ne se voyait que quelques minutes dehors. Parfois, il m'accompagnait en métro jusqu'à la station Championnet, où j'habite. Il nous est arrivé d'aller ensemble au cinéma le dimanche, mais c'était difficile, à cause de mes parents.

— Vous n'êtes jamais allée chez lui en l'absence de sa mère ?

— Jamais, je le jure. Une fois, il a voulu me montrer sa maison, de loin, pour m'expliquer.

— Qu'il était très malheureux… Vous voyez ?

— Il a fait quelque chose de mal ?

— Mais non, petite demoiselle. Il a simplement disparu. Et je compte un peu sur vous, pas beaucoup, je l'avoue, pour le retrouver. Inutile de vous demander s'il avait une chambre en ville.

— On voit bien que vous ne le connaissez pas. D'ailleurs, il n'avait pas assez d'argent. Il remettait tout ce qu'il gagnait à sa mère. Elle lui laissait à peine assez pour acheter quelques cigarettes.

Elle rougit.

— Quand nous allions au cinéma, nous payions chacun notre place et une fois que...

— Continuez...

— Mon Dieu, pourquoi pas... Il n'y a pas de mal à cela... Une fois, il y a un mois, que nous sommes allés ensemble à la campagne, il n'avait pas assez pour payer le déjeuner.

— De quel côté êtes-vous allés ?

— Sur la Marne. Nous sommes descendus du train à Chelles et nous nous sommes promenés entre la Marne et le canal.

— Je vous remercie, mademoiselle.

Était-elle soulagée de n'avoir pas aperçu Joseph dans la foule ? Dépitée ? Les deux, sans doute.

— Pourquoi est-ce la police qui le recherche ?

— Parce que sa mère nous l'a demandé. Ne vous inquiétez pas, mademoiselle. Et croyez-moi : si vous aviez de ses nouvelles avant nous, avertissez-nous immédiatement.

Quand il se retourna, il la vit qui, hésitante, descendait les marches du métro.

Une fiche l'attendait, sur son bureau du Quai des Orfèvres.

Un nommé Bleustein Stéphane, âgé de trente-sept ans, a été tué le 15 février 1919, dans son appartement de l'hôtel Negresco, à Nice, où il était descendu quelques jours auparavant. Bleustein recevait d'assez fréquentes visites souvent tard dans la nuit. Le crime a été commis à l'aide d'un revolver calibre 6 mm 35 qui n'a pas été retrouvé.

L'enquête menée à l'époque n'a pas permis de découvrir le coupable. Les bagages de la victime ont été fouillés de fond en comble par l'assassin et, le matin, la chambre était dans un désordre indescriptible.

Quant à Bleustein lui-même, sa personna-
lité est restée assez mystérieuse et c'est en vain
qu'on a fait des recherches pour savoir d'où il
venait. Lors de son arrivée à Nice, il débarquait
du rapide de Paris.

La brigade mobile de Nice possède sans doute
de plus amples renseignements.

La date de l'assassinat correspondait avec
celle de la disparition du Bleustein du quai de
Bercy, et Maigret, cherchant une fois de plus
sa pipe absente et ne la trouvant pas, grogna
avec humeur :

— Sacré petit idiot !

3

Recherches dans l'intérêt des familles

Il y a des ritournelles qui, en chemin de fer, par exemple, s'insinuent si bien en vous et sont si parfaitement adaptées au rythme de la marche qu'il est impossible de s'en défaire. C'était dans un vieux taxi grinçant que celle-ci poursuivit Maigret et le rythme était marqué par le martèlement, sur le toit mou, d'une grosse pluie d'orage :

Re-cher-ches-dans-l'in-té-rêt-des-fa-mil-les. Recher-ches-dans-l'in...

Car, enfin, il n'avait aucune raison d'être ici, à foncer dans l'obscurité de la route avec une jeune fille blême et tendue à côté de lui et le docile petit Lucas sur le strapontin. Quand un personnage comme Mme Leroy vient vous déranger, on ne la laisse même pas achever ses lamentations.

— On ne vous a rien volé, madame ? Vous ne portez pas plainte ? Dans ce cas, je regrette.

Et si même son fils a disparu :

— Vous dites qu'il est parti ? Si nous devions rechercher toutes les personnes qui s'en vont de chez elles, la police entière ne ferait plus que cela, et encore les effectifs seraient-ils insuffisants !

« Recherches dans l'intérêt des familles. » C'est ainsi que cela s'appelle. Cela ne se fait qu'aux frais de ceux qui réclament ces recherches. Quant aux résultats...

Toujours de braves gens, d'ailleurs, qu'ils soient vieux ou jeunes, hommes ou femmes, de bonnes têtes, des yeux doux, et un peu ahuris, des voix insistantes et humbles :

« — Je vous jure, monsieur le commissaire, que ma femme – et je la connais mieux que personne – n'est pas partie de son plein gré. »

Ou sa fille, « sa fille si innocente, si tendre, si... ».

Et il y en a comme ça des centaines tous les jours. « Recherches dans l'intérêt des familles. » Est-ce la peine de leur dire qu'il vaut mieux pour eux qu'on ne retrouve pas leur femme ou leur fille, ou leur mari, parce que ce serait une désillusion ? *Recherches dans…*

Et Maigret s'était encore une fois laissé embarquer ! L'auto avait quitté Paris, roulait sur la grand-route, en dehors du ressort de la P.J. Il n'avait rien à faire là. On ne lui rembourserait même pas ses frais.

Tout cela à cause d'une pipe. L'orage avait éclaté au moment où il descendait de taxi en face de la maison du quai de Bercy. Quand il avait sonné, Mme Leroy était en train de manger, toute seule dans la cuisine, du pain, du beurre et un hareng saur. Malgré ses inquiétudes, elle avait essayé de cacher le hareng !

— Reconnaissez-vous cet homme, madame ?

Et elle, sans hésiter, mais avec surprise :

— C'est mon ancien locataire, M. Bleustein. C'est drôle… Sur la photo, il est habillé comme un…

Comme un homme du monde, oui, tandis

qu'à Charenton il avait l'air d'un assez pauvre type. Dire qu'il avait fallu aller chercher la photographie dans la collection d'un grand journal parce que, Dieu sait pourquoi, on ne la retrouvait pas dans les archives.

— Qu'est-ce que cela signifie, monsieur le commissaire ? Où est cet homme ? Qu'est-ce qu'il a fait ?

— Il est mort. Dites-moi. Je vois – il jetait un coup d'œil circulaire dans la pièce où armoires et tiroirs avaient été vidés – que vous avez eu la même idée que moi…

Elle rougit. Déjà elle se mettait sur la défensive. Mais le commissaire, ce soir, n'était pas patient.

— Vous avez fait l'inventaire de tout ce qu'il y a dans la maison. Ne niez pas. Vous aviez besoin de savoir si votre fils n'a rien emporté, n'est-ce pas ? Résultat ?

— Rien, je vous jure. Il ne manque rien. Qu'est-ce que vous pensez ? Où allez-vous ?

Car il s'en allait comme un homme pressé, remontait dans son taxi. Encore du temps perdu et stupidement. Tout à l'heure, il avait la

jeune fille en face de lui, boulevard Bonne-Nouvelle. Or il n'avait pas pensé à lui demander son
adresse exacte. Et maintenant il avait besoin
d'elle. Heureusement que le maroquinier habitait dans l'immeuble.

Taxi à nouveau. De grosses gouttes crépi-
taient sur le macadam. Les passants couraient.
L'auto faisait des embardées.

— Rue Championnet. Au 67…

Il faisait irruption dans une petite pièce où
quatre personnes : le père, la mère, la fille et
un garçon de douze ans mangeaient la soupe
autour d'une table ronde. Mathilde se dressait,
épouvantée, la bouche ouverte pour un cri.

— Excusez-moi, messieurs-dames. J'ai besoin
de votre fille pour reconnaître un client qu'elle
a vu au magasin. Voulez-vous, mademoiselle,
avoir l'obligeance de me suivre ?

Recherches dans l'intérêt des familles ! Ah !
c'est autre chose que de se trouver devant un
brave cadavre qui vous donne tout de suite des
indications, ou de courir après un meurtrier
dont il n'est pas difficile de deviner les réflexes
possibles.

Tandis qu'avec des amateurs ! Et ça pleure ! Et ça tremble ! Et il faut prendre garde au papa ou à la maman.

— Où allons-nous ?

— À Chelles.

— Vous croyez qu'il y est ?

— Je n'en sais absolument rien, mademoiselle. Chauffeur... Passez d'abord au Quai des Orfèvres.

Et là, il avait embarqué Lucas qui l'attendait.

Recherches dans l'intérêt des familles. Il était assis dans le fond de la voiture avec Mathilde, qui avait tendance à se laisser glisser contre lui. De grosses gouttes d'eau perçaient le toit délabré et lui tombaient sur le genou gauche. En face de lui, il voyait le bout incandescent de la cigarette de Lucas.

— Vous vous souvenez bien de Chelles, mademoiselle ?

— Oh ! oui.

Parbleu ! est-ce que ce n'était pas son plus beau souvenir d'amour ? La seule fois qu'ils s'étaient échappés de Paris, qu'ils avaient couru ensemble parmi les hautes herbes, le long de la rivière !

— Vous croyez que, malgré l'obscurité, vous pourrez nous conduire ?

— Je crois. À condition que nous partions de la gare. Parce que nous y sommes allés par le train.

— Vous m'avez dit que vous aviez déjeuné dans une auberge ?

— Une auberge délabrée, oui, tellement sale, tellement sinistre, que nous avions presque peur. Nous avons pris un chemin qui longeait la Marne. À certain moment, le chemin n'a plus été qu'un sentier. Attendez... Il y a, sur la gauche, un four à chaux abandonné. Puis, peut-être à cinq cents mètres, une maisonnette à un seul étage. Nous avons été tout surpris de la trouver là.

» ... Nous sommes entrés. Un comptoir de zinc, à droite... des murs passés à la chaux, avec quelques chromos et seulement deux tables de fer et quelques chaises... Le type...

— Vous parlez du patron ?

— Oui. Un petit brun qui avait plutôt l'air d'autre chose. Je ne sais pas comment vous dire. On se fait des idées. Nous avons demandé si on pouvait manger et il nous a servi du pâté, du saucisson, puis du lapin qu'il avait fait réchauffer. C'était très bon. Le patron a bavardé avec nous, nous a parlé des pêcheurs à la ligne qui forment sa clientèle. D'ailleurs, il y avait tout un tas de cannes à pêche dans un coin. Quand on ne sait pas, on se fait des idées.

— C'est ici ? questionna Maigret à travers la vitre, car le chauffeur s'était arrêté.

Une petite gare. Quelques lumières dans le noir.

— À droite, dit la jeune fille. Puis encore la seconde à droite. C'est là que nous avons demandé notre chemin. Mais pourquoi pensez-vous que Joseph est venu par ici ?

Pour rien ! Ou plutôt à cause de la pipe, mais ça, il n'osait pas le dire.

Recherches dans l'intérêt des familles ! De quoi faire bien rire de lui. Et pourtant…

— Tout droit maintenant, chauffeur, interve-nait Mathilde. Jusqu'à ce que vous trouviez la rivière. Il y a un pont, mais, au lieu de le passer, vous tournerez à gauche. Attention, la route n'est pas large.

— Avouez, mon petit, que votre Joseph, ces derniers temps, vous a parlé d'un changement possible et même probable dans sa situation.

Plus tard, peut-être deviendrait-elle aussi coriace que la mère Leroy. Est-ce que la mère Leroy n'avait pas été une jeune fille, elle aussi, et tendre, et sans doute jolie ?

— Il avait de l'ambition.

— Je ne parle pas de l'avenir. Je parle de tout de suite.

— Il voulait être autre chose que coiffeur.

— Et il s'attendait à avoir de l'argent, n'est-ce pas ?

Elle était à la torture. Elle avait une telle peur de trahir son Joseph !

La voiture, au ralenti, suivait un mauvais chemin le long de la Marne, et on voyait, à gauche, quelques pavillons miteux, de rares villas plus prétentieuses. Une lumière, par-ci par-là, ou un chien qui aboyait. Puis, soudain, à un kilomètre du pont environ, les ornières s'approfondissaient, le taxi s'arrêtait, le chauffeur annonçait :

— Je ne peux pas aller plus loin.

Il pleuvait de plus belle. Quand ils sortirent de l'auto, l'averse les inonda et tout était mouillé, visqueux, le sol qui glissait sous leurs pieds, les buissons qui les caressaient au passage. Un peu plus loin, il leur fallut marcher à la file indienne, tandis que le chauffeur s'asseyait en grommelant dans sa voiture et se préparait sans doute à faire un somme.

— C'est drôle. Je croyais que c'était plus près. Vous ne voyez pas encore de maison ?

La Marne coulait tout près d'eux. Leurs pieds faisaient éclater des flaques d'eau. Maigret marchait devant, écartait les branches. Mathilde le serrait de près et Lucas fermait la marche avec l'indifférence d'un chien de Terre-Neuve.

La jeune fille commençait à avoir peur.

— J'ai pourtant reconnu le pont et le four à chaux. Ce n'est pas possible que nous nous soyons trompés.

— Il y a de bonnes raisons, grogna Maigret, pour que le temps vous semble plus long aujourd'hui que quand vous êtes venue avec Joseph… Tenez… On voit une lumière, à gauche.

— C'est sûrement là.

— Chut ! Tâchez de ne pas faire de bruit.

— Vous croyez que… ?

Et lui, soudain tranchant :

— Je ne crois rien du tout. Je ne crois jamais rien, mademoiselle.

Il les laissa arriver à sa hauteur, parla bas à Lucas.

— Tu vas attendre ici avec la petite. Ne bougez que si j'appelle. Penchez-vous, Mathilde. D'ici, on aperçoit la façade. La reconnaissez-vous ?

— Oui. Je jurerais.

Déjà le large dos de Maigret formait écran entre elle et la petite lumière.

Et elle se trouva seule, les vêtements trempés, en pleine nuit, sous la pluie, au bord de l'eau, avec un petit homme qu'elle ne connaissait pas et qui fumait tranquillement cigarette sur cigarette.

4

Le rendez-vous des pêcheurs

Mathilde n'avait pas exagéré en affirmant que l'endroit était inquiétant, sinon sinistre. Une sorte de tonnelle délabrée flanquait la maisonnette aux vitres grises dont les volets étaient fermés. La porte était ouverte, car l'orage commençait seulement à rafraîchir l'air.

Une lumière jaunâtre éclairait un plancher sale. Maigret jaillit brusquement de l'obscurité, s'encadra, plus grand que nature, dans la porte et, la pipe aux lèvres, toucha le bord de son chapeau en murmurant :

— Bonsoir, messieurs.

Il y avait là deux hommes qui bavardaient à une table de fer sur laquelle on voyait une bouteille de marc et deux verres épais. L'un d'eux, un petit brun en manches de chemise, dressa tranquillement la tête, montra un regard un peu étonné, se leva en remontant son pantalon sur ses hanches et murmura :

— Bonsoir…

L'autre tournait le dos, mais ce n'était évidemment pas Joseph Leroy. Sa carrure était imposante. Il portait un complet gris très clair. Chose curieuse, malgré ce qu'il y avait d'un peu intempestif dans cette irruption tardive, il ne bougeait pas : on eût même dit qu'il s'efforçait de ne pas tressaillir. Une horloge réclame, en faïence, accrochée au mur, marquait minuit dix, mais il devait être plus tard. Était-il naturel que l'homme n'eût même pas la curiosité de se retourner pour voir qui entrait ?

Maigret restait debout à proximité du comptoir, tandis que l'eau dégoulinait de ses vêtements et faisait des taches sombres sur le plancher gris.

— Vous aurez une chambre pour moi, patron ?

Et l'autre, pour gagner du temps, prenait

place derrière son comptoir où il n'y avait que trois ou quatre bouteilles douteuses sur l'étagère, questionnait à son tour :

— Je vous sers quelque chose ?

— Si vous y tenez. Je vous ai demandé si vous aviez une chambre.

— Malheureusement non. Vous êtes venu à pied ?

Au tour de Maigret de ne pas répondre et de dire :

— Un marc.

— Il me semblait avoir entendu un moteur d'auto.

— C'est bien possible. Vous avez une chambre ou non ?

Toujours ce dos à quelques mètres de lui, un dos si immobile qu'on l'aurait cru taillé dans la pierre. Il n'y avait pas l'électricité. La pièce n'était éclairée que par une méchante lampe à pétrole.

Si l'homme ne s'était pas retourné... S'il conservait une immobilité si rigoureuse et si pénible...

Maigret se sentait inquiet. Il venait de calculer rapidement qu'étant donné la dimension du café et de la cuisine, qu'on apercevait derrière, il devait y avoir au moins trois chambres à l'étage. Il aurait juré, à voir le patron, à l'aspect miteux des lieux, à une certaine qualité de désordre, d'abandon, qu'il n'y avait pas de femme dans la maison.

Or on venait de marcher au-dessus de sa tête, à pas furtifs. Cela devait avoir une certaine importance, puisque le patron levait machinalement la tête et paraissait contrarié.

— Vous avez beaucoup de locataires en ce moment ?

— Personne. À part…

Il désignait l'homme, ou plutôt le dos immuable, et, soudain, Maigret eut l'intuition d'un danger sérieux, il comprit qu'il fallait agir très vite, sans un faux mouvement. Il eut le temps de voir la main de l'homme, sur la table, se rapprocher de la lampe et il fit un bond en avant.

Il arriva trop tard. La lampe s'était écrasée sur le sol avec un bruit de verre brisé, tandis qu'une odeur de pétrole envahissait la pièce.

— Je me doutais bien que je te connaissais, salaud.

Il était parvenu à saisir l'homme par son veston. Il tentait d'avoir une meilleure prise, mais l'autre frappait pour se dégager. Ils étaient dans l'obscurité totale. À peine si le rectangle de la porte se dessinait dans une vague lueur de nuit. Que faisait le patron ? Allait-il venir à la rescousse de son client ?

Maigret frappa à son tour. Puis il sentit qu'on lui mordait la main et alors il se jeta de tout son poids sur son adversaire et tous deux roulèrent sur le plancher, parmi les débris de verre.

— Lucas ! cria Maigret de toutes ses forces. Lucas…

L'homme était armé, Maigret sentait la forme dure d'un revolver dans la poche du veston et il s'efforçait d'empêcher une main de se glisser dans cette poche.

Non, le patron ne bougeait pas. On ne l'entendait pas. Il devait rester immobile, peut-être indifférent, derrière son comptoir.

— Lucas !…

— J'arrive, patron.

Lucas courait, dehors, dans les flaques d'eau, dans les ornières, et répétait :

— Je vous dis de rester là. Vous entendez ? Je vous défends de me suivre.

À Mathilde, sans doute, qui devait être blême de frayeur.

— Si tu as encore le malheur de mordre, sale bête, je t'écrase la gueule. Compris ?

Et le coude de Maigret empêchait le revolver de sortir de la poche. L'homme était aussi vigoureux que lui. Dans l'obscurité, tout seul, le commissaire n'en aurait peut-être pas eu raison. Ils avaient heurté la table, qui s'était renversée sur eux.

— Ici Lucas. Ta lampe électrique.

— Voilà, patron.

Et soudain un faisceau de lumière blême éclairait les deux hommes aux membres emmêlés.

— Sacrebleu ! Nicolas ! Comme on se retrouve, hein !

— Si vous croyez que je ne vous avais pas reconnu, moi, rien qu'à votre voix.

— Un coup de main, Lucas. L'animal est

dangereux. Tape un bon coup dessus pour le calmer. Tape. N'aie pas peur. C'est un dur...

Et Lucas frappa aussi fort qu'il put, avec sa petite matraque de caoutchouc, sur le crâne de l'homme.

— Tes menottes. Passe. Si je m'attendais à retrouver cette sale bête ici. Là, ça y est. Tu peux te relever, Nicolas. Pas la peine de faire croire que t'es évanoui. Tu as la tête plus solide que ça. Patron !

Il dut appeler une seconde fois, et ce fut assez étrange d'entendre la voix paisible du tenancier qui s'élevait de l'obscurité, du côté du zinc :

— Messieurs...

— Il n'y a pas une autre lampe, ou une bougie dans la maison ?

— Je vais vous chercher une bougie. Si vous voulez bien éclairer la cuisine.

Maigret étanchait de son mouchoir son poignet que l'autre avait vigoureusement mordu. On entendait sangloter près de la porte. Mathilde sans doute, qui ne savait pas ce qui se passait et qui croyait peut-être que c'était avec Joseph que le commissaire...

— Entrez, mon petit. N'ayez pas peur. Je crois que c'est bientôt fini. Toi, Nicolas, assieds-toi ici et, si tu as le malheur de bouger…

Il posa son revolver et celui de son adversaire sur une table à portée de sa main. Le patron revenait avec une bougie, aussi calme que si rien ne s'était passé.

— Maintenant, lui dit Maigret, va me chercher le jeune homme.

Un temps d'hésitation. Est-ce qu'il allait nier ?

— Je te dis d'aller me chercher le jeune homme, compris ?

Et, tandis qu'il faisait quelques pas vers la porte :

— Est-ce qu'il a une pipe, au moins ?

Entre deux sanglots, la jeune fille question-nait :

— Vous êtes sûr qu'il est ici et qu'il ne lui est rien arrivé ?

Maigret ne répondait pas, tendait l'oreille. Le patron, là-haut, frappait à une porte. Il par-

78

lait à mi-voix, avec insistance. On reconnaissait des bribes de phrases :

— Ce sont des messieurs de Paris et une demoiselle. Vous pouvez ouvrir. Je vous jure que…

Et Mathilde, éplorée :

— S'ils l'avaient tué…

Maigret haussa les épaules et se dirigea à son tour vers l'escalier.

— Attention au colis, Lucas. Tu as reconnu notre vieil ami Nicolas, n'est-ce pas ? Moi qui le croyais toujours à Fresnes !

Il montait l'escalier lentement, écartait le patron penché sur la porte.

— C'est moi, Joseph. Le commissaire Maigret. Vous pouvez ouvrir, jeune homme.

Et, au patron :

— Qu'est-ce que vous attendez pour descendre, vous ? Allez servir quelque chose à la jeune fille, un grog, n'importe quoi de remontant. Eh bien ! Joseph !

Une clef tourna enfin dans la serrure. Maigret poussa la porte.

— Il n'y a pas de lumière ?

— Attendez. Je vais allumer. Il reste un petit bout de bougie.

Les mains de Joseph tremblaient, son visage, quand la flamme de la bougie l'éclaira, révélait la terreur.

— Il est toujours en bas ? haleta-t-il.

Et des mots en désordre, des idées qui se bousculaient :

— Comment avez-vous pu me trouver ? Qu'est-ce qu'ils vous ont dit ? Qui est la demoiselle ?

Une chambre de campagne, un lit très haut, défait, une commode qui avait dû être précédemment tirée devant la porte comme pour un siège en règle.

— Où les avez-vous mis ? questionna Maigret de l'air le plus naturel du monde.

Joseph le regarda, stupéfait, comprit que le commissaire savait tout. Il n'aurait pas regardé autrement Dieu le Père faisant irruption dans la chambre.

Avec des gestes fébriles, il fouilla dans la poche-revolver de son pantalon, en tira un tout petit paquet fait de papier journal.

Il avait les cheveux en désordre, les vêtements fripés. Le commissaire regarda machinalement ses pieds, qui n'étaient chaussés que de pantoufles informes.

— Ma pipe…

Cette fois, le gamin eut envie de pleurer et ses lèvres se gonflèrent en une moue enfantine. Maigret se demanda même s'il n'allait pas se jeter à genoux et demander pardon.

— Du calme, jeune homme, lui conseilla-t-il. Il y a du monde en bas.

Et il prit en souriant la pipe que l'autre lui tendait en tremblant de plus belle.

— Chut ! Mathilde est dans l'escalier. Elle n'a pas la patience d'attendre que nous descendions. Donnez-vous un coup de peigne.

Il souleva un broc pour verser de l'eau dans la cuvette, mais le broc était vide.

— Pas d'eau ? s'étonna le commissaire.

— Je l'ai bue.

Mais oui ! Évidemment ! Comment n'y avait-il pas pensé ? Ce visage pâle, des traits tirés, ses yeux comme délavés.

— Vous avez faim ?

Et, sans se retourner, à Mathilde dont il sentait la présence dans l'obscurité du palier :

— Entrez, mon petit… Pas trop d'effusions, si vous voulez m'en croire. Il vous aime bien, c'est entendu, mais, avant tout, je pense qu'il a besoin de manger.

5

L'extravagante fuite de Joseph

C'était bon, maintenant, d'entendre la pluie pianoter sur le feuillage alentour et surtout de recevoir par la porte grande ouverte l'haleine humide et fraîche de la nuit.

Malgré son appétit, Joseph avait eu de la peine à manger le sandwich au pâté que le patron lui avait préparé, tant il avait la gorge serrée, et on voyait encore de temps en temps sa pomme d'Adam monter et descendre.

Quant à Maigret, il en était à son deuxième ou troisième verre de marc et il fumait maintenant sa bonne pipe enfin retrouvée.

— Voyez-vous, jeune homme, ceci dit sans vous encourager aux menus larcins, si vous n'aviez pas chipé ma pipe, je crois bien qu'on aurait retrouvé votre corps un jour ou l'autre dans les roseaux de la Marne. La pipe de Maigret, hein !

Et, ma foi, Maigret disait ces mots avec une certaine satisfaction, en homme chez qui l'orgueil est assez agréablement chatouillé. On lui avait chipé sa pipe, comme d'autres chipent le crayon d'un grand écrivain, un pinceau d'un peintre illustre, un mouchoir ou quelque menu objet d'une vedette favorite.

Cela, le commissaire l'avait compris dès le premier jour. *Recherches dans l'intérêt des familles…* Une affaire dont il n'aurait même pas dû s'occuper.

Oui, mais voilà, un jeune homme qui souffrait du sentiment de sa médiocrité lui avait chipé sa pipe. Et ce jeune homme-là, la nuit suivante, avait disparu. Ce jeune homme, toujours, avait essayé de dissuader sa mère de s'adresser à la police.

Parce qu'il tenait à faire l'enquête lui-même, parbleu ! Parce qu'il s'en sentait capable !

Parce que, la pipe de Maigret aux dents, il se croyait…

— Quand avez-vous compris que c'étaient des diamants que le mystérieux visiteur venait chercher dans votre maison ?

Joseph faillit mentir, par gloriole, puis il se ravisa après avoir jeté un coup d'œil à Mathilde.

— Je ne savais pas que c'étaient des diamants. C'était fatalement quelque chose de petit, car on fouillait dans les moindres recoins, on ouvrait même des boîtes minuscules qui contenaient de la pharmacie.

— Dis donc, Nicolas ! Hé ! Nicolas !

Celui-ci, tassé sur une chaise, dans un coin, ses poings réunis par les menottes sur les genoux, regardait farouchement devant lui.

— Quand tu as tué Bleustein, à Nice…

Il ne broncha pas. Pas un trait de son visage osseux ne bougea.

— Tu entends que je te parle, oui, ou plutôt que je te cause, comme tu dirais élégamment. Quand tu as descendu Bleustein, au *Negresco*, tu n'as pas compris qu'il te roulait ? Tu ne veux pas te mettre à table ? Bon ! Ça viendra. Qu'est-ce qu'il t'a dit, Bleustein ? Que les diamants étaient dans la maison du quai de Bercy. Entendu ! Mais tu aurais dû te douter que ces petits machins-là, c'est facile à cacher. Peut-être qu'il t'avait désigné une fausse cachette ? Ou que tu t'es cru plus malin que tu ne l'es ? Mais non ! Ne parle pas tant. Je ne te demande pas d'où provenaient les diamants. Nous saurons ça demain, après que les experts les auront examinés.

» Pas de chance que, juste à ce moment-là, tu te sois fait emballer pour une vieille affaire. De quoi s'agissait-il encore ? Un cambriolage boulevard Saint-Martin, si je ne me trompe ? Au fait ! Encore une bijouterie. Quand on se spécialise, n'est-ce pas ?... Tu as tiré trois ans. Et voilà trois mois, une fois à l'air libre, tu es venu rôder autour de la maison. Tu avais la clef que Bleustein s'était fabriquée !... Tu dis ?... Bien ! Comme tu voudras.

Le jeune homme et la jeune fille le regardaient avec étonnement. Ils ne pouvaient pas comprendre l'enjouement subit de Maigret, parce qu'ils ne savaient pas quelles inquiétudes il avait ressenties pendant les dernières heures.

— Vois-tu, Joseph. Tiens ! voilà que je te tutoie, maintenant. Tout cela, c'était du facile. Un inconnu qui s'introduit dans une maison trois ans après que cette maison ne prend plus de locataires… J'ai tout de suite pensé à quelqu'un qui sortait de prison. Une maladie n'aurait pas duré trois ans. J'aurais dû examiner tout de suite les listes de levées d'écrou et je serais tombé sur notre ami Nicolas… Tu as du feu, Lucas ? Mes allumettes sont détrempées.

» Et maintenant, Joseph, raconte-nous ce qui s'est passé pendant la fameuse nuit.

— J'étais décidé à trouver. Je pensais que c'était quelque chose de très précieux, que cela représentait une fortune…

— Et, comme ta maman m'avait mis sur l'affaire, tu as voulu trouver coûte que coûte cette nuit-là ?

Il baissa la tête.

— Et, pour ne pas être dérangé, tu as versé Dieu sait quoi dans la tisane de ta maman.

Il ne nia pas. Sa pomme d'Adam montait et descendait à un rythme accéléré.

— Je voulais tant vivre autrement ! balbutia-t-il à voix si basse qu'on l'entendit à peine.

— Tu es descendu, en pantoufles. Pourquoi étais-tu si sûr de trouver cette nuit-là ?

— Parce que j'avais déjà fouillé toute la maison, sauf la salle à manger. J'avais divisé les pièces en secteurs. J'étais certain que ce ne pouvait être que dans la salle à manger.

Une nuance d'orgueil perçait à travers son humilité et son abattement quand il déclara :

— J'ai trouvé !

— Où ?

— Vous avez peut-être remarqué que, dans la salle à manger, il y a une ancienne suspension à gaz, avec des bobèches et des fausses bougies en porcelaine. Je ne sais pas comment l'idée m'est venue de démonter les bougies. Il y avait dedans des petits papiers roulés et, dans les papiers, des objets durs.

— Un instant ! En descendant de ta chambre,

qu'est-ce que tu comptais faire en cas de réussite ?

— Je ne sais pas.

— Tu ne comptais pas partir ?

— Non, je le jure.

— Mais peut-être cacher le magot ailleurs ?

— Oui.

— Dans la maison ?

— Non. Parce que je m'attendais à ce que vous veniez la fouiller à votre tour et que j'étais sûr que vous trouveriez. Je les aurais cachés au salon de coiffure. Puis, plus tard…

Nicolas ricana. Le patron, accoudé à son comptoir, ne bougeait pas et sa chemise faisait une tache blanche dans la pénombre.

— Quand tu as découvert le truc des bobèches…

— J'étais en train de remettre la dernière en place lorsque j'ai senti qu'il y avait quelqu'un près de moi. J'ai d'abord cru que c'était maman. J'ai éteint ma lampe électrique, car je m'éclairais avec une lampe de poche. Il y avait un homme qui se rapprochait toujours, et alors je me suis précipité vers la porte et j'ai

bondi dans la rue. J'avais très peur. J'ai couru.
La porte s'est refermée brutalement. J'étais
en pantoufles, sans chapeau, sans cravate. Je
courais toujours et j'entendais des pas derrière
moi.

— Pas aussi rapide à la course que ce jeune
lévrier, Nicolas ! persifla Maigret.

— Vers la Bastille, il y avait une ronde
d'agents. J'ai marché non loin d'eux, sûr que
l'homme n'oserait pas m'attaquer à ce moment.
Je suis arrivé ainsi près de la gare de l'Est, et
c'est ce qui m'a donné l'idée…

— L'idée de Chelles, oui ! Un tendre souvenir ! Ensuite ?

— Je suis resté dans la salle d'attente jusqu'à
cinq heures du matin. Il y avait du monde. Or,
tant qu'il y avait du monde autour de moi…

— J'ai compris.

— Seulement, je ne savais pas qui me pour-
suivait. Je regardais les gens les uns après les
autres. Quand on a ouvert le guichet, je me
suis faufilé entre deux femmes. J'ai demandé
mon billet à voix basse. Plusieurs trains par-
taient à peu près en même temps. Je montais

tantôt dans un, tantôt dans l'autre, en passant à contre-voie.

— Dis donc, Nicolas, il me semble que ce gamin-là t'a donné encore plus de mal qu'à moi !

— Tant qu'il ne savait pas pour où était mon billet, n'est-ce pas ? À Chelles, j'ai attendu que le train soit déjà en marche pour descendre.

— Pas mal ! Pas mal !

— Je me suis précipité hors de la gare. Il n'y avait personne dans les rues. Je me suis mis à nouveau à courir. Je n'entendais personne derrière moi. Je suis arrivé ici. J'ai tout de suite demandé une chambre, parce que je n'en pouvais plus et que j'avais hâte de me débarrasser de...

Il en tremblait encore en parlant.

— Ma mère ne me laisse jamais beaucoup d'argent de poche. Dans la chambre, je me suis aperçu que je n'avais plus que quinze francs et quelques jetons. Je voulais repartir, être à la maison avant que maman...

— Et Nicolas est arrivé.

— Je l'ai vu par la fenêtre, qui descendait de taxi à cinq cents mètres d'ici. J'ai compris tout de suite qu'il avait été jusqu'à Lagny, qu'il y avait pris une voiture, qu'à Chelles il avait retrouvé ma trace. Alors, je me suis enfermé à clef. Puis, quand j'ai entendu des pas dans l'escalier, j'ai tiré la commode devant la porte. J'étais sûr qu'il me tuerait.

— Sans hésiter, grogna Maigret. Seulement, voilà, il ne voulait pas se brûler devant le patron. N'est-ce pas, Nicolas ? Alors il s'est installé ici, pensant bien que tu sortirais de ta chambre à un moment donné… Ne fût-ce que pour manger.

— Je n'ai rien mangé. J'avais peur aussi qu'il prenne une échelle et qu'il entre la nuit par la fenêtre. C'est pourquoi j'ai tenu les volets fermés. Je n'osais pas dormir.

On entendait des pas dehors. C'était le chauffeur qui, l'orage passé, commençait à s'inquiéter de ses clients.

Alors Maigret frappa sa pipe à petits coups sur son talon, la bourra, la caressa avec complaisance.

— Si tu avais eu le malheur de la casser…
grogna-t-il.

Puis, sans transition :

— Allons, mes enfants, en route ! Au fait,
Joseph, qu'est-ce que tu vas raconter à ta
mère ?

— Je ne sais pas. Ce sera terrible.

— Mais non, mais non ! Tu es descendu
dans la salle à manger pour jouer au détective.
Tu as vu un homme qui sortait. Tu l'as suivi,
tout fier de faire le policier.

Pour la première fois, Nicolas ouvrit la bouche.
Ce fut pour laisser tomber avec mépris :

— Si vous croyez que je vais entrer dans la
combine !

Et Maigret, imperturbable :

— Nous verrons ça tout à l'heure, n'est-
ce pas, Nicolas ? En tête à tête dans mon
bureau… Dites donc, chauffeur, je crois qu'on
va être plutôt serrés dans votre bagnole ! On y
va ?

Un peu plus tard, il soufflait à l'oreille de
Joseph, blotti dans un coin de la banquette
avec Mathilde :

— Je te donnerai une autre pipe, va ! Et encore plus grosse, si tu veux.

— Seulement, répliquait le gamin, ce ne sera pas la vôtre !

Juin 1945.

Le Livre de Poche s'engage pour
l'environnement en réduisant
l'empreinte carbone de ses livres.
Celle de cet exemplaire est de :
200 g éq. CO$_2$
Rendez-vous sur
www.livredepoche-durable.fr

PAPIER À BASE DE
FIBRES CERTIFIÉES

Composition réalisée par Chesteroc Ltd.

Achevé d'imprimer en mars 2017 en Espagne par
CPI
Dépôt légal 1re publication : octobre 2007
Édition 06 – mars 2017
LIBRAIRIE GÉNÉRALE FRANÇAISE – 21, rue du Montparnasse – 75298 Paris Cedex 06

31/2062/3